AF454812

Tours 12 Mai '84. V

Étude de Me FONTAINE, commissaire-priseur, à TOURS

BOULEVARD BÉRANGER, No 8

CATALOGUE

D'UNE BELLE COLLECTION

D'OBJETS D'ART ET DE CURIOSITÉ

BOIS SCULPTÉS

Statues, Statuettes, Bas-reliefs, Panneaux, Frises, etc.

BRONZES — PETITS MEUBLES

FAÏENCES ANCIENNES

de Rouen, de Delft, d'Italie, Hispano-Arabes, de Perse et autres.

TABLEAUX ANCIENS & MODERNES

Eaux-fortes — Gravures encadrées.

Dont la vente aura lieu rue de la Préfecture, no 26

Le Lundi 12 Mai 1884 et jours suivants, à deux heures

Par le ministère de **Me FONTAINE**, commissaire-priseur, à Tours.

EXPOSITION PUBLIQUE

Les Samedi 10 et Dimanche 11 mai 1884, de 2 heures à 5 heures.

Étude de Me **FONTAINE**, commissaire-priseur
à Tours.

DÉSIGNATION

Bois sculptés.

1 — Buste d'évêque (style moyen âge).
1 bis — Buste de femme, même style.
2 — Deux statues assises, reines, sujets allégoriques Louis XIV.
3 — Christ byzantin.
4 — Saint Louis.
5 — Sainte Thérèse.
6 — Saint Jérôme.
7 — Saint Sébastien.
8 — Deux moines en prière.
9 — Sainte, style byzantin.
10 — Saint Jean, même style.
11 — Le Sauveur.
12 — Saint Christophe (XIVe siècle).
13 — Saint Antoine.
14 — Un Capucin.
15 — Un Rédempteur.

16 — Un Saint.
17 — Cinq évêques avec dorures.
18 — Ange doré.
19 — Trois saintes Vierges grandes.
20 — Trois saintes Vierges petites.
21 — Deux bustes dorés (moyen âge).
22 — Un Rédempteur (renaissance).
22 bis — Un id. petit.
23 — Deux archanges à genoux sur les nuages.
24 — Un saint Paul sur cul-de-lampe.
25 — Deux bas-reliefs (saint Pierre, sainte Vierge).
26 — Deux bas-reliefs (saint Paul, saint Dominique).
27 — Un bas-relief. La flagellation (XIIIe siècle).
27 bis — Un bas-relief. M.
28 — Deux anges.
29 — Deux anges à genoux sur nuages.
30 — Une tête de Louis XIV.
31 — Un saint Denis (moyen âge).
32 — Une sainte Catherine terrassant le dragon.
33 — Deux évangélistes.
34 — 27 statuettes diverses, saints et autres.
35 — Un martyr.
36 — Deux statuettes (Les saisons).
36 bis — Cinq figurines à accrocher.
37 — Une hydre.
38 — Un lot statuettes. — 1 Bacchus enfant assis. — 3 petites saintes Vierges en buis, une en bois. — 2 saint Pierre et saint Paul — une bois doré. — Cinq torses de Christ différents styles.
39 — Un chapiteau chêne sculpté formant crédence (ancien).

62 — Une console petite chimère.

63 — Une id. pliante.

64 — Une paire consoles bois doré et velours.

65 — Deux paires consoles imitation de bambou.

66 — Deux têtes anciennes en pierre.

67 — Un Boudha bois sculpté.

68 — Deux statuettes terre cuite. Ramonneur et vielleuse, avec fûts colonne simili-marbre, quatre consoles corne.

69 — Un éléphant portant une pagode en bronze du Japon avec socle en bois laqué.

70 — Deux vases jardinière en bronze du Japon.

71 — Un presse-papier bronze du Japon, une chimère.

72 — Deux appliques bronze poli 3 lumières, style Louis XIV.

72 — Une paire vases Médicis bronze florentin.

74 — Un buste Alsace-Lorraine.

75 — Un petit cartel fût colonne.

76 — Un baguier bronze doré émaillé.

77 — Un bateau à plumes bronze rouge facé.

77 bis — Un encrier id. id.

78 — Deux vases cloisonnés du Japon.

79 — Une petite suspension veilleuse.

80 — Un lustre quatre lumières fer forgé.

81 — Un aquarium.

82 — Une paire flambeaux Louis XVI dorés 3 lumières.

83 — Une lampe arabe-juive bronze facé.

84 — Une lampe étrusque bronze.

85 — Un encrier bronze.

86 — Une petite jardinière bronze doré émaillé.

87 — Un bougeoir télégraphe fer forgé.

Faïences étrangères.

88 — Une soupière faïence de Perse.

89 — Une id. id. id.

98 — Deux grandes potiches turques.

91 — Un grand bassin faïence de Perse.

92 — Une jardinière id. id.

93 — Quatre grands plats à pied faïence de Perse.

94 — Une coupe id. id.

95 — Un lot de neuf objets turcs, amphores, pots à anses et 5 porte-allumettes.

96 — Un pot à anses.

97 — Un pot à anse terre émaillée jaune arabe.

98 — Un id. id. id. verte id.

99 — Une grande cuvette faïence de Perse.

100 — Un plat hispano-arabe à reflets.

102 — Un id. hispano-arabe à ombilic dessins à gaudron.

103 — Un plat hispano-arabe à ombilic, décor oiseau bleu.

104 — 1 plat hispano-arabe à ombilic.

105 — Un plat hispano-arabe à ombilic, à reflets jaunes.

106 — Un plat creux hispano-arabe reflets rouges, grand oiseau.

107 — Un plat creux moyen hispano-arabe reflets rouge, grand oiseau.

108 — Un plat creux moyen hispano-arabe reflets bruns.

109 — Un plat creux moyen hispano-arabe reflets bruns.

110 — Un grand bol hispano-arabe reflets rouges.

111 — Une assiette id. id.

112 — Une assiette hispano-arabe reflets rouges.
113 — Une paire vases id. id.
114 — Une paire vases portugais terre rouge.
115 — Une grande cruche à bière porcelaine de la manufacture impériale de Berlin couvercle argent.
116 — Un pot grotesque terre allemande, allusion diabolique.
117 — Un pot grotesque terre allemande, femme.
118 — Un id. id. id.
119 — Un id. id. id. avec panier.
120 — Un vase à anses id.
121 — Un pot à beurre faïence suisse fond noir.
122 — Un pot id. id. id. (ancien).
123 — Un pot à lait id. id.
124 — Une soupière id. dessin persan fond blanc.
125 — Une soupière faïence dessin persan fond blanc.
126 — Une théière faïence dessin persan fond blanc.
127 — Une théière faïence dessin persan fond blanc.
128 — Une salière faïence dessin persan fond blanc.
129 — Trois tasses et soucoupes faïence dessin persan fond blanc.
130 — Un vase à fleurs et plateau faïence dessin persan fond blanc.
131 — Un plat faïence suisse fond noir.
132 — Un id. id. id. (ancien).
133 — Un id. id. id. Chevalier.
134 — Un id. id. id. ours.

135 — Un plat faïence suisse fond noir, vache.
136 — Un id. id. id. écusson.
137 — Un id. id. fond blanc, dessin persan.
138 — Deux id. id. id. id.
139 — Un id. id. id. id.
140 — Un id. id. id. id.
141 — Un plat faïence suisse fond bleu, dessin persan.
142 — Une assiette faïence suisse fond bleu, dessin persan.
143 — Un plat faïence suisse fond bleu, dessin persan.
144 — Un plat faïence suisse fond bleu, dessin persan.
145 — Une potiche faïence de Delft bleu et couvercle.
146 — Une potiche faïence de Delft bleu et couvercle.
147 — Une potiche faïence de Delft bleu et couvercle, dessin Louis XIV.
148 — Une potiche porcelaine du Japon.
149 — Une potiche Delft bleu (cassée), couvercle bois.
150 — Une potiche Delft bleu (cassée), couvercle bois.
151 — Une potiche Delft bleu et couvercle.
152 — Une id. id. id.
153 — Une id. id. id.
154 — Une potiche petite Delft bleu, dessin Louis XIV.
155 — Une potiche petite Delft bleu, dessin Louis XIV.

156 — Deux potiches faïence Delft bleu, octogone et couvercle.

157 — Deux potiches forme bouteille montées bronze doré.

158 — Une potiche Delft bleu.

159 — Une id. id.

160 — Une potiche forme bouteille Delft bleu.

161 — Une id. id. id.

162 — Un grand cornet Delft bleu.

163 — Un id. id. dessin japonais

164 — Deux id. id.

165 — Deux id. id. octogone

166 — Un cornet Delft bleu.

167 — Un id. id.

168 — Une bouteille id.

169 — Une bouteille Delft bleu.

170 — Une id. id.

171 — Une id. id.

172 — Une petite potiche porcelaine du Japon.

173 — Une id. id.

174 — Une potiche faïence de Delft.

175 — Une id. id.

176 — Une id. porcelaine Japon.

177 — Une bouteille porcelaine Japon.

178 — Une id. id.

179 — Une id. faïence Delft bleu.

180 — Un grand cornet Delft bleu, ornements rouges et or.

181 — Un cornet Delft bleu, ornements rouges et or.

182 — Un cornet Delft bleu, octogone.

183 — Un id. id.

184 — Deux id. id.

185 — Un lot cinq cornets faïence Delft.

186 — Un pot à anse Delft bleu.
187 — Un id. id.
188 — Un id. id. couvercle métal.
189 — Un id. id.
190 — Un id. id. couvercle étain.
191 — Un id. porcelaine bleue.
192 — Un id. Delft bleu.
193 — Un casque id.
194 — Un id. id. dessin à fleurs.
195 — Un id. id.
196 — Un id. id.
197 — Un pot et sa cuvette faïence Delft, personnages.
198 — Une bouteille carrée porcelaine Japon.
199 — Un grand bol Japon.
200 — Un vase pied en bois.
201 — Une jardière lambrequin Delft bleu.
202 — Un huilier Delft bleu.
203 — Un pot à anse et bec Delft bleu.
204 — Un petit personnage Delft polychrôme.
205 — Deux plats Delft bleu.
206 — Deux id. id.
207 — Deux id. id.
208 — Deux id. id.
209 — Un id. id.
210 — Un id. id. dessin japonais.
211 — Deux id. id.
212 — Un id. id. Sacrifice d'Abraham.
213 — Un plat long id.
214 — Un plat rond id.
215 — Deux plats rond Delft polychrôme, paysage.
216 — Deux id. id. corbeille fruits.
218 — Un id. id.

219 — Un plat rond Delft bleu à côtes.

220 — Deux id. id.

221 — Deux assiettes Delft bleu très fines, corbeilles, fleurs et oiseaux.

222 — Deux assiettes Delft bleu très fines, fleurs et oiseaux.

223 — Une assiette Delft bleu très fine, dessin japonais.

224 — Deux assiettes Delft bleu très fines, dessins chinois.

225 — Une assiette Delft polychrôme, fleurs.

226 — Une assiette Delft polychrôme, lièvre.

227 — Une id. id. dessin japonais.

228 — Une id. id. id.

229 — Une soucoupe id. bleue.

230 — Une assiette Delft bleue.

231 — Une id. id.

232 — Deux assiettes porcelaine Japon.

233 — Cinq assiettes porcelaine Japon fond jaune, fleurs.

234 — Deux assiettes porcelaine Japon fond jaune, fleurs.

235 — Un plat porcelaine Compagnie des Indes.

236 — Un plat Delft bleu, vases de fleurs.

237 — Un plat creux long Compagnie des Indes.

238 — Un cornet japon.

239 — Un vase octogone porcelaine Japon.

240 — Une coupe Chine montée bronze.

241 — Un narghilé porcelaine du Japon.

292 — Un pot anse de Chine.

243 — Une cafetière porcelaine des Indes.

244 — Un pot à anse du Japon.

245 — Un id. id. de Chine.

246 — Une très grande jardinière Chine.
246 bis — Une potiche Delft bleu, à côtes.
247 — Un Saint-Sébastien faïence italienne.
248 — Un grand vase à anse faïence italienne bleue, dessin marine.
249 — Un grand vase à anse faïence italienne et couvercle.
250 — Un vase à anse faïence italienne Castel-Durante.
251 — Un pot à anse faïence italienne, dessin à fleurs.
252 — Un pot à anse faïence italienne, dessin à fleurs.
253 — Une jardinière.
254 — Une potiche sphérique.
255 — Une id. id à sujet.
256 — Deux vases à anse et bec.
257 — Un pot forme casque.
258 — Deux vases forme gourde.
259 — Un pot à anse avec sujet.
260 — Une jardinière à cariatides.
261 — Un vase forme bouteille à anse.
262 — Trois vases forme bouteille à sujets.
263 — Cinq pots à anse faïence des Abruzzes.
264 — Cinq pots et vases bleus.
265 — Un vase faïence italienne forme Médicis.
266 — Deux vases bleu foncé à sujet.
267 — Deux vases petits à couvercle.
268 — Trois porte-huiliers faïence de Milan.
269 — Un vase forme jardinière à côtes.
270 — Un vase et couvercle.
271 — Un cornet à sujet.
272 — Un petit panier à anse.

273 — Deux buires Castel-Durante.
274 — Un vase cornet sujet de saint.
275 — Une bouteille faïence italienne.
276 — Deux id. id. à sujets.
277 — Un vase à anses rinceaux.
278 — Un porte-bouquet faïence de Savone.
279 — Une paire grandes plaques appliques faïence italienne à trois lumières, bronze poli.
280 — Deux consoles faïence italienne formées par des sujets.
281 — Un pot forme casque à mascarons.
282 — Une salière.
283 — Sept objets divers.
284 — Deux plats faïence italienne à sujet (moderne).
284 bis — Une grande potiche sphérique faïence italienne.
285 — Un plat faïence italienne représentant Hérodiade.
286 — Un plat faïence italienne imitation.
287 — Deux plats faïence italienne à sujets.
288 — Un vase id. bleu.
289 — Deux plats id. à feuillages.
290 — Un plat id. à côtes bleu.
291 — Un plat id. à côtes bleu à pied.
292 — Une assiette faïence italienne. L'Amour et Vénus.
293 — Une assiette à pied faïence de Ginori à jours.
294 — Une assiette faïence Castelli, sujet mythologique.

295 — Une assiette faïence Castelli, sujet Amours et Dauphins.
296 — Deux assiettes à pied italiennes.
297 — Une id. pied-douche, sujet sainte Vierge.
298 — Une assiette pied-douche Ginori.
299 — Un cornet Delft bleu à pans.
300 — Deux baguiers faïence italienne.
301 — Cinq assiettes faïence de Milan.
302 — Un plat terre émaillée.
302 bis — Deux monstres chinois terre émaillée.
303 — Une paire cornets Delft polychrôme.
303 bis — Deux bouteilles Delft bleu.
304 — Une soupière faïence italienne.
305 — Un cornet octogone Delft bleu.
306 — Une soupière Strasbourg.
307 — Deux jardinières faïence de Marseille.
308 — Un porte-bouquet Strasbourg.
309 — Un rafraîchissoir à festons en Moustiers.
310 — Une jardinière porte-bouquet Delft polychrôme forme commode Louis XV.
311 — Une jardinière porte-bouquet en Strasbourg.
312 — Une soupière ovale.
313 — Une jardinière porte-bouquet Strasbourg à anses.
314 — Une soupière ovale en Moustiers.
315 — Une tasse et soucoupe en Saxe.
316 — Une soupière ronde faïence de Rennes.
316 bis — Une soupière ronde Rouen polychrôme à la corne.
317 — Un plat porcelaine Japon forme feuille.
318 — Un artichaut terre émaillée.

319 — Un artichaut en Marseille.
320 — Un melon terre émaillée.
321 — Un chou faïence de Marseille.
322 — Un rafraîchissoir à festons faïence de Strasbourg.
323 — Un sucrier et soucoupe faïence de Strasbourg.
324 — Une jardinière Strasbourg.
325 — Un grand encrier faïence de Moustiers.
326 — Une chocolatière à manche de Marseille.
327 — Deux pichets à couvercles faïence Delft rose.
328 — Une grande soupière faïence moderne.
329 — Un melon d'eau Marseille.
330 — Une jardinière ronde Rouen.
331 — Un plat Marseille.
332 — Deux jardinières et dessous Chine.
333 — Un très grand bol vieux Chine et intérieur zinc formant jardinière.
334 — Deux vases de porcelaine faïence Rouen moderne avec supports.
335 — Un grand bain de pieds vieux Rouen.
336 — Un grand vase à pied-douche vieux Rouen.
337 — Une fontaine faïence de Rennes.
338 — Une id. Rouen bleu et son bassin.
339 — Une id. Rouen polychrôme.
340 — Une id. id. bleu et rouille.
341 — Une id. faïence de Rennes.
342 — Une suspension Strasbourg.
343 — Un bain de pieds vieux Rouen.
344 — Une soupière faïence de Saint-Cenis.
345 — Une jardinière Rouen.
346 — Une id. Nevers.

347 — Une jardinière Rouen décors à baldaquin.
348 — Un pot à anse Rouen polychrôme.
349 — Un id. id. id.
350 — Un id. id. à couvercle.
351 — Un grand pichet couvercle étain.
352 — Un pichet Rouen polychrôme.
353 — Un pot à anses forme casque Rouen polychrôme.
353 bis — Un pot à anse Strasbourg à couvercle.
354 — Un id. Rouen polychrôme.
355 — Un id. Rouen polychrôme.
356 — Un id. id.
357 — Un id. id. à couvercle.
358 — Deux jardinières appliques Rouen polychrôme.
359 — Un vase à fleurs décor bleu.
360 — Deux pots anses Rouen bleu.
361 — Un brûle-parfums Rouen polychrôme.
362 — Un porte-fleurs applique Rouen bleu.
363 — Cinq huiliers et burettes Rouen polychrôme.
364 — Un petit vase à fleurs à mascarons, bleu.
365 — Un moutardier Rouen bleu.
366 — Quatre huiliers et burettes Rouen bleu.
367 — Une théière Rouen bleu.
368 — Un huilier et burettes de Nevers.
369 — Un id. id. Rouen bleu avec couvercle.
370 — Trois huiliers sans burettes.
371 — Un porte-fleurs appliques Rouen bleu.
372 — Un petit vase à fleurs Rouen bleu et rouille.
373 — Un petit vase à fleurs à anse Rouen bleu.
374 — Un pot à anse et couvercle Nevers.

375 — Deux vases bouteilles doubles à anses Rouen polychrôme.

376 — Une petite jardinière à anses avec supports pied-douche Rouen.

377 — Deux jardinières porcelaine Louis XVI à treillage.

378 — Un grand verre à bière en Bohême.

379 — Un porte-fleurs faïence moderne.

380 — Un encrier terre de pipe (Louis XVI).

381 — Une cuvette à pans Rouen bleu.

382 — Une cuvette à pans Rouen polychrôme.

383 — Une jardinière forme Louis XV Nevers.

384 — Quatre cuvettes diverses Rouen bleu.

385 — Un très grand plat octogone Rouen bleu, écusson central.

386 — Un grand plat octogone Rouen polychrôme, écusson central.

387 — Un plat ovale à angles Rouen bleu, dessin Louis XIV.

388 — Une bannette Rouen bleu.

389 — Un plat long faïence de Saint-Cenis.

390 — Un plat octogone Rouen polychrôme.

391 — Un id. id. Rouen bleu.

392 — Un id. ovale Rouen bleu dess. Louis XIV.

393 — Un id. octogone petit Rouen bleu.

394 — Un id. id. id. id.

395 — Un id. ovale à festons en Moustiers.

396 — Un id. id. id. Rouen polychrôme.

397 — Un plat rond Strasbourg.

397 bis — Un id. ovale id.

398 — Un grand saladier Rouen, l'Arbre d'amour.

399 — Deux grands saladiers Nevers, Retour du matelot.

400 — Un saladier Nevers, marine.
401 — Trois saladiers divers.
402 — Une plaque ronde faïence moderne, paysage.
403 — Un plat rond Rouen bleu.
404 — Deux plats octogones Rouen polychrôme.
405 — Un plat rond en Moustiers.
406 — Un plat petit en Strasbourg.
407 — Deux assiettes Rouen polychrôme.
408 — Quatre id. id.
409 — Quatre id. id.
410 — Deux id. id.
411 — Un panier bleu turquoise faïence de Paris.
412 — Un id. id. dessin persan id.
413 — Une garniture de trois jardinières terre d'Oloron.
414 — Une petite jardinière majolique turquoise.
415 — Deux vases forme Médicis majolique turquoise.
416 — Une paire vases à fleurs octogones majolique turquoise.
417 — Une jardinière à pied majolique turquoise
418 — Un vase jardinière majolique vert d'eau.
419 — Un vase tube faïence française.
420 — Un vase-potiche faïence grise.
421 — Un Rocher, groupe d'Avisseau.
422 — Une cuvette forme coquille et vase forme casque, en porcelaine de Saxe.
423 — Trois jardinières pieds marmite faïence gros bleu à fleurs.
424 — Une jardinière fond bleu, dessin persan.
425 — Un lot de trois objets de Bagnères.
426 — Deux fusils autrichiens garniture cuivre.
427 — Un fusil marocain garni argent et corail.

428 — Un fusil marocain garni argent.
429 — Un id. id.
430 — Deux épées.
431 — Trois pistolets.
432 — Un couteau catalan avec incrustation nacre.
433 — Un couteau mexicain.
434 — Quatre épées.
435 — Deux sabres.
436 — Deux couteaux de chasse.
437 — Un sabre japonais à deux lames.
438 — Un guéridon ovale turc incrusté de nacre.
439 — Un id. pied incrusté, la table en bronze de Perse gravé.
440 — Deux jeux de roulettes.
441 — Un grand chevalet pour portrait en pied.
442 —
443 — Un guéridon fer forgé doré.
444 — Un petit cabinet chinois et son socle.
445 — Un miroir Louis XIII incrusté nacre.
446 — Un id. cadre doré en bois.
447 — Une paire de vases italiens en marbre blanc.
448 — Deux boîtes chinoises laquées.
449 — Deux petits bas-reliefs en albâtre.

Tableaux, Gravures

450 — Six cadres dorés avec gravures de Vernet: La Esmeralda et Mazeppa.
29 Eaux-fortes encadrées bois noir.
Sept lithographies: châteaux de Touraine, cadres noirs.
20 Photographies diverses, cadres dorés.
Quatre gravures Louis XV, cadres noirs.

Trois gravures sujets religieux.
Sept fac-similés anglais, sujets chasse.
Deux gravures style ancien.
Quatre petites toiles.
Un cadre passe-partout.
Un cadre LouisXIII à œil-de-bœuf.
Un grand cadre seul à photographie.

451 — Une toile de Cassagne : Effet d'automne dans la forêt.

452 — Une photographie grande encadrée (Arc de triomphe).

453 — Une id. id. id. (vue de Rome).

454 — Une toile du Primatice (Vénus et sa cour), avec cadre renaissance ancien en bois.

455 — Une toile de Belli (senora jouant de la guitare).

456 — Une toile de Belli (guitariste au repos).

457 — Une id. id. (joueur de mandoline).

458 — Une aquarelle de Belli.

459 — Quatre petites toiles paysages de Cœdès.

560 — Un bas-relief encadré terre cuite de Clodion.

461 — Une toile de Groasbeeck (mendiant blessé).

462 — Une id. école italienne (La Vierge et l'enfant Jésus dans l'Eden).

463 — Trois gouaches sous verre.

464 — Un cadre doré vide.

Tapisseries — Étoffes

465 — Une tapisserie guerriers et plusieurs personnages grandeur naturelle, encadrée et doublée d'étoffe rouge.

466 — Un panneau portière tapisserie verdure.

467 — Une paire de rideaux étoffe d'Orient raies algériennes et or.

468 — Un manteau vénitien velours fuchsia avec paillettes acier.

468 bis — Une chape lampas Louis XIV.

469 — 10 panneaux vraie Perse.

469 bis — Un porte-montre bois sculpté.

470 — Une bouteille verre de Venise.

471 — Une petite jardinière oblongue Louis XV Marseille.

472 — Un bidet Rouen bleu.

473 — Un aquarium verre.

474 — Quatre lions terre émaillée.

475 — Une boîte mécanique pour tir à pigeons.

476 — Deux appareils d'hydrothérapie.

477 — Un pliant d'artiste.

12 oiseaux empaillés.

Une mappemonde.

Un lot fleurets, masques et gants d'escrime.

Un lot assiettes et plats faïences diverses avariées et réparées.

Un lot objets divers en faïence et porcelaine.

Bois sculptés.

Un panneau de coffre Louis XIII.

Un panneau renaissance.

Un id. id. plus petit.

Six bandes sculptées fleurs et fruits.

Une frise renaissance en deux morceaux.

Deux jambages Louis XIII.

Deux morceaux de frise à gaudron.
Cinq colonnes torses.
Une cariatide.
Un motif personnage.
Un id. Louis XIV.
Une console applique.
Un panache Louis XVI.
Un petit chapiteau.
Trois panneaux pointes de diamants.

Divers.

478 — Une paire potiches du Japon avec couvercles.
479 — Deux jardinières Nevers (cassées).
480 — Une potiche Delft bleu.
481 — Une buire faïence italienne.
482 — Quatre flacons cristal taillé grands.
483 — Quatre id. id. petits.
484 — Deux id. id. ronds.
485 — Trois id. id. divers.
486 — Un panier à musique osier peint.
487 — Une paire de balance de pharmacie.
488 — Un ange bois sculpté et morceau de chapiteau.

Magnifique violon de Guarnerius.

MAGNIFIQUE PENDULE LOUIS XIV

ancienne, en marqueterie, de 1 m. 55 de haut, avec très beaux Cuivres et Cul-de-lampe.

BELLE PEINTURE

Signée de **Paulus POTTER**, 1647 (LE JEUNE TAUREAU).

BEAUX TABLEAUX

DE

1° GUARDI, Vue de Venise, la place Saint-Marc;
2° LESUEUR, Saint Pierre prêchant ;
3° BRÉDA, Jolie bataille;
4° RUBENS, Portrait;
5° ÉCOLE ITALIENNE, Tête de vieillard.

GRAVURES ET EAUX-FORTES ANCIENNES

Nombreuses Gravures et Eaux-fortes d'HOGARTH, CALLOT, NORBLIN, REMBRANDT, etc.; Gravures anglaises et françaises anciennes.

Belle Collection des **Vues de Rome**, par FALDA (1665), et **Les Antiquités**, par GILLES SADELER (1605).

Jolie Collection de 51 CALLOT, avec 7 LUCAS VAN LEDEN.

L'Histoire de David (rare), illustrée par PHILIPPE GALL, dédiée à Philippe II d'Espagne (1575).

Les 20 chants du Tasse, illustrés par BERNARDO CASTELIO (1617), rare.

Par le ministère de **Me FONTAINE**, commissaire-priseur, à Tours.

Tours, imp. Mazereau.

39 bis — Deux chapiteaux bois doré formant support.
40 — Un enfant debout, draperie dorée.
40 bis — Un porte-montre bois doré.
41 — Deux statuettes terre cuite. (La Loire et la Seine).
41 bis — Deux statuettes terre cuite. (Jean qui pleure, Jean qui rit).
42 — Une paire appliques marocaines 3 lumières.
43 — Une console applique marocaine ventrue.
44 — Une id. id.
44 bis — Un lot statuettes portugaises et chinoises.

Bronzes.

45 — Une grande jardinière bronze de Perse gravé.
46 — Une grand plaque de mosquée à mascarons.
47 — Un grand plat cuivre repoussé (Terre promise).
48 — Un grand plat cuivre repoussé à ombilic.
49 — Trois plats cuivre repoussé.
50 — Vase de Perse brûle-parfums cuivre gravé.
51 — Une bassinoire renaissance cuivre repoussé.
52 — Une cafetière cuivre à suspension.
53 — Une id. arabe cuivre
54 — Un paon fonte émaillée.
55 — Un cendrier bois sculpté.
56 — Une paire consoles bois sculpté grandes.
57 — Une id. id. chimères.
58 — Deux paires consoles découpées.
59 — Une console bois sculpté.
60 — Une paire bois découpé.
61 — Une console encoignure.

www.ingramcontent.com/pod-product-compliance
Ingram Content Group UK Ltd.
Pitfield, Milton Keynes, MK11 3LW, UK
UKHW021044260726
13994UKWH00005B/2349